COMTE EUGÈNE DE PORRY

ÉTUDE

ESTHÉTIQUE ET MORALE

SUR

LE LION AMOUREUX

PAR

M. F. PONSARD

> Sous toute sottise, sous toute grande
> erreur, sous tout désastre, public ou
> particulier, — qu'y a-t-il?....
> Une femme!!!....
>
> ΕΓΩ.

MARSEILLE

TYPOGRAPHIE ET LITHOGRAPHIE ARNAUD, CAYER ET Cie

Rue Saint-Ferréol, 57

1867

COMTE EUGÈNE DE PORRY

ÉTUDE

ESTHÉTIQUE ET MORALE

SUR

LE LION AMOUREUX

PAR

M. F. PONSARD

> Sous toute sottise, sous toute grande
> erreur, sous tout désastre, public ou
> particulier, — qu'y a-t-il?....
> Une femme!!!....
>
> ΕΓΩ.

MARSEILLE

TYPOGRAPHIE ET LITHOGRAPHIE ARNAUD, CAYER ET Cie
Rue Saint-Ferréol, 57

1867

ÉTUDE

ESTHÉTIQUE ET MORALE

SUR

LE LION AMOUREUX

PAR

M. F. PONSARD

Le titre de notre étude montre que nous voulons juger l'œuvre nouvelle de M. Ponsard, non au point de vue théâtral, mais plutôt sous le rapport purement littéraire, et comme peinture de mœurs et de types sociaux ou politiques.

L'époque et le sujet choisis par notre poète dramatique, offrent les émotions les plus saisissantes avec les contrastes les plus curieux, les plus piquants. Nous sommes au lendemain du 9 thermidor, an II de la République française. Un revirement aussi soudain qu'inattendu, parti du sein même de cette Convention nationale, jusqu'alors si docilement soumise à l'omnipotente impulsion du Comité de salut public, — un orage parlementaire vient d'emporter Maximilien Robespierre, dictateur naturel de la république française à son aurore. Le gouvernement reste encore démocratique et populaire ; toutefois la terrible énergie du pouvoir exécutif s'est considérablement relâchée. La contre-révolution n'ose encore hautement relever la tête et proclamer ses espérances ; mais d'habiles et sourdes intrigues cheminent déjà dans l'ombre pour enrayer la voie du progrès, et faire rétrograder la France vers un passé qu'elle abhorre.

Les salons de Mme Tallien, cette héroïne du 9 thermidor, présentent le pêle-mêle le plus bizarre, le plus divertissant. Tous les partis, tous les types, toutes les nuances, s'y donnent rendez-vous. Là, le conventionnel *thermidorien* prêche la modération et la concorde, à côté du jacobin farouche qui se cramponne inflexiblement à la rigidité de ses principes ; l'élégante marquise ou comtesse y danse vis-à-vis de la femme du peuple que le vent des révolutions a fait monter à son niveau ; le guerrier volontaire s'y pavane à côté d'un muscadin conspirateur; l'homme du peuple y coudoie un *ci-devant*. Mais, — triste côté de la question ! — l'esprit public, fatigué des grandes commotions politiques, se rapetisse, s'amoindrit, s'endort ; les mœurs s'énervent ; la société a trop de soif du repos, des plaisirs, du bien-être ; et l'on pressent avec tristesse l'heure fatale et honteuse où la réaction royaliste escamotera, ou du moins compromettra pour longtemps, les dons et les conquêtes de notre grande révolution !...

La scène s'ouvre par un dialogue entre Humbert, un républicain austère et ferme, — du moins, il l'est encore !... — et le vainqueur de la Vendée, le général Hoche, dont le cœur et l'épée sont sincèrement dévoués à la république ; mais qui, peu diplomate, comme tous les militaires, s'aveugle au sujet des manœuvres souterraines de la réaction.

Assidu dans les salons de la coquette Mme Tallien, ex-

marquise de Fontenay, — qui sont un des foyers mêmes
de complots royalistes ou rétrogrades, — Hoche veut y en-
traîner Humbert, ancien soldat volontaire, qui résiste, s'indigne, refuse — et lui répond ou peu s'en faut : *Vade retrò,
Satanas !* — Et pourtant le rigide Humbert fléchira plus
tard, et ira chez Mme Tallien !.. Qui donc le fera faiblir, l'en-
traînera ?... Une femme !... le charme d'un beau visage,
l'éclat velouté de deux beaux yeux !... Oh ! les femmes ! ! !...

Lecteur, je suis sérieux. Dernièrement, un rabbin juif,
— avec lequel j'aime à causer et qui m'apprend beaucoup
de choses, — me disait que tout désordre, tout cataclysme,
domestique ou social, a pour cause et pour mobile une
femme. Je suis disposé à le croire.

Sous l'assassinat de Henri IV, notre premier souverain
progressif, qu'y avait-il ?... Une femme !... M. Zaccone,
dans son HISTOIRE DES SOCIÉTÉS SECRÈTES , indique sur
quelle femme planent de très légitimes soupçons.

Qui a précipité d'Effiat de Cinq-Mars dans l'abandon de
son roi, et le rôle dégradant de conspirateur? Une femme,
Marie de Gonzague !...

A qui doit-on la révocation de l'édit de Nantes?... A
Mme de Maintenon !...

Quelle est la cause réelle et déterminante de la chute de
Robespierre, et des évènements, — si étranges en appa-
rence, — qui accompagnèrent et suivirent cette chute ??? ...

Abstenons-nous, pour le moment, d'éclaircir cette dernière question. Bornons-nous à déplorer et à signaler
l'exorbitante et trop décisive influence que le sexe féminin
exerce sur les actes de l'homme et sur la marche des évènements sociaux ou domestiques !...

Pour ma part, je l'avoue, je suis furieusement courroucé
contre mon sexe , lorsque je mesure toute l'étendue et toute

la portée des sottises et des faiblesses où la femme entraine
l'homme, — d'autant plus que je doute fort que nous pre-
nions souvent notre revanche.

Or, cette dernière réflexion me fait rentrer dans l'objet
précis de mon étude.

Donc le rigide Humbert, que l'éloquence de Hoche n'a
pu même ébranler, sent se fondre son puritanisme républicain aux feux d'un regard et à la pénétrante douceur
d'une voix de femme. Comment cela survient-il?

L'ancien soldat volontaire, aujourd'hui chef d'un comité
de jurisprudence politique, est occupé, dans son cabinet,
à l'examen de plusieurs pétitions d'élargissement. Un gé-
néreux pardon vient d'être accordé à quelques détenus,
citoyens égarés ou suspects, — lorsque les yeux d'Humbert
tombent sur une liste d'émigrés conspirateurs. Il s'écrie
alors, justement irrité :

Je hais les échafauds !

Toujours en mission, je n'ai ma main trempée
Que du sang ennemi versé par mon épée ;
Mais soustraire au jury chargé de les juger,
Des Français qui livraient la France à l'étranger!!!.....
Non.

« Non ! non ! » répète avec énergie son collègue Aristide,
cœur valeureux et franc, qui fait avec Humbert chorus
d'incorruptibilité républicaine. — Mais une personne demande audience.... c'est une femme.... elle est, annonce-
t-on, jeune, élégante et jolie : en un mot, elle a tout l'air
d'une *ci-devant*. L'incorruptible Aristide, craignant de flé-
chir, se sauve au plus vite ; car Aristide se souvient à mer-
veille du mot de Socrate : Contre l'amour, le seul remède
ou préservatif, c'est une prompte fuite. —

Resté seul, Humbert voit apparaître une pimpante marquise dans toute l'auréole de la parure et de la beauté. Il l'interpelle : « Que veux-tu, citoyenne ? » La marquise répond avec un petit levain d'impertinence toute aristocratique :

Avant tout,

Je voudrais bien, monsieur, ne pas rester debout :
Veuillez être assez bon pour approcher un siége.

Humbert est étonné, même tant soit peu froissé ; il regarde fièrement la noble dame...., mais la marquise est vraiment ravissante !.... l'âme de l'austère soldat s'amollit ; la fierté de sa parole baisse ; il veut être gentil, poli, calin ; il le devient, presque malgré lui-même. O surprise !... le voilà qui se retrouve, comme on dit, *en pays de connaissance*, c'est-à-dire qu'il reçoit, dans son cabinet de juge, son ancienne châtelaine, lui, son ancien fermier !... Les roses souvenirs de l'enfance renaissent dans son âme. Oui, c'est bien elle, la douce et mignonne enfant, débonnaire suzeraine, qui jouait jadis avec lui, — tout jeune comme elle, — sur la verte pelouse ; ou même sur les splendides tapis du manoir seigneurial !... C'est bien elle qui lui laissait emporter, sous son humble toit de chaume, ces livres aux blanches pages, si beaux, si dorés !... ces livres qui l'éblouissaient à la fois par le luxe de leur parure, et le fascinaient par le charme de leurs récits ou de leurs tableaux !... Oh ! c'est bien lui aussi, — humble et timide vassal, — qui, enhardi par le bienveillant accueil de la noble jeune fille, déjà robuste et grand, lui tendait sa main virile pour l'aider à franchir un torrent écumeux ou à marcher, d'un pied agile, sur les cailloux humides et glissants !... Oui ! c'est vrai tout cela !... et ces souvenirs, si frais, si gais, si chatouilleux, si vivants, semblent encore dater d'hier !... Le moyen, après de pareils enivrements, de si poétiques fascinations, de conserver, sans accroc, la vertu la plus puritaine, les principes les plus inflexibles!

La marquise comprend tout le pouvoir de ses attraits et de ses manéges ; elle veut en user et en abuser; les conséquences fatales se dérouleront successivement.

Elle demande, en premier lieu, la grâce d'un père et d'un beau-frère, tous deux inscrits sur la liste des émigrés. La loi, d'accord avec l'honneur, s'oppose à un pardon!... Humbert, naturellement, refuse, quoique avec mollesse. Cèdera-t-il plus tard?... c'est ce que nous verrons ; mais, à l'heure présente, quoique ébranlé, il ne fléchit point. Toutefois, il fait un premier pas dans la voie des faiblesses; et se décide, au grand ébahissement de son confrère Aristide, à rejoindre la marquise qui lui a donné rendez-vous chez Mme Tallien!...

Là, de nouvelles supplications, de nouvelles exigences, l'attendent sans tarder à l'assaillir. La question de radier le père et le beau-frère de la liste des émigrés, est remise sur le tapis, et fortement soutenue par Mme Tallien qui. au fond, se soucie fort peu de la politique, et ne songe qu'à s'amuser de tout le monde et de toutes choses. Mais survient un puissant dérivatif. Un certain vicomte de Vaugris, muscadin *ci-devant*, qui ne se gêne pas pour cribler, à haute voix, de ses saillies et de ses sarcasmes, la République Française et ses héroïques enfants, — fait perdre à Humbert toute patience; et, emporté par une sainte exaspération, à force de colère, l'héroïque et naïf défenseur de la patrie, reprend sa primitive énergie; et, s'écrie, éclatant tout-à-fait :

> Ah ! la réaction est ici dans son camp !
> Le royalisme y règne et s'y fait provocant !
> Il croit abattre, avec ses petites manœuvres,
> La Révolution, ses hommes et ses œuvres !

Il croit qu'on laissera, par un lâche abandon,
Sur les pieds du Titan grimper le Mirmidon !...
Savez-vous, muscadins, vous qui fouettez les femmes,
Ce qu'ont fait, l'an dernier, ces montagnards infâmes ?...
Il fallait affronter bien d'autres gens que vous !...
L'Europe se ruait tout entière sur nous :
Ils ont fait se dresser, — juste au mois où nous sommes, —
Quatorze corps d'armée et douze cent mille hommes
Qui, la pique à la main, en haillons, sans souliers,
Ont repoussé l'assaut de dix rois alliés !...
Ces héros, muscadins !... bravant les carabines,
Battaient des Prussiens, et non des Jacobines ;
Ces nobles va-nu-pieds, agioteurs repus !....
S'élançaient vers la gloire et non vers les écus ;
Ces Français, émigrés !.... défendaient la patrie
Par vous et l'étranger envahie et meurtrie !....
Est-ce un souffle puissant qui pousse ces vainqueurs
Et court en un instant dans des milliers de cœurs ?
A lutter contre lui vous sentez-vous de taille,
Et ne seriez-vous pas tous broyés comme paille ?...
Allez, assaillez-nous d'injures !... évoquez
Le souvenir d'excès par vous seuls provoqués !....
Vous qu'un rugissement fesait rentrer sous terre,
Agacez aujourd'hui le lion débonnaire !...
La Convention peut, comme l'ancien Romain,
Sur l'autel attesté posant sa forte main,
Répondre fièrement, alors qu'on l'injurie :
« Je jure que, tel jour, j'ai sauvé la patrie ! »

Cette fougueuse apostrophe, sublime d'éloquence patriotique et républicaine, brouille brusquement Humbert avec la marquise. Mais l'amour produit dans le cœur humain les revirements les plus subits, les contradictions les plus étonnantes ; et le mâle fils de la glèbe, le rude nourrisson des camps, adore son ancienne châtelaine plus qu'il ne veut, plus qu'il ne pense, plus qu'il ne se l'avoue à lui-même !... Repentant, désespéré de sa sortie démocratique

et révolutionnaire, il revient implorer son pardon aux
pieds de la noble dame qu'il idolâtre!... De faiblesse en
faiblesse, il va loin dans la voie des concessions ; le père
et le beau-frère de la marquise rentreront en France ; seu·
lement, pour ne pas se tacher lui-même du crime de lèze-
patrie, il donnera sa démission de chef de comité d'élargissement ; — et, alors, ses collègues, plus accessibles à la
corruption réactionnaire et royaliste, pourront rouvrir à
ces émigrés les portes de cette France contre laquelle ils
ont porté les armes en compagnie de l'étranger!...

La marquise espère amener Humbert à bien d'autres
conversions!.... Ne partagerait-elle pas un peu son
amour?.... Les hasards sont parfois si singuliers!....
Et, si les citoyens doivent être égaux devant la loi, l'homme
n'est-il pas égal à l'homme devant la nature?.... Oui, la
marquise aime Humbert, son ancien fermier : l'élégante
aristocrate ne peut défendre son cœur du sentiment qui
l'envahit pour ce compagnon rustique des jeux de son enfance, devenu depuis vaillant héros, et chef de juridiction
politique. L'éducation, le raffinement progressif des ma-
nières, l'élévation et la délicatesse de l'âme, ont rapproché
le vassal de sa suzeraine. Elle ne descend pas jusqu'à lui ;
c'est lui qui monte vers elle. — Survient le père, le comte
d'Ars. L'émigré rentrant est tout surpris de voir sa fille
s'entretenir familièrement avec Humbert ; plus étrange-
ment surpris encore de l'entendre déclarer ses projets
d'hymen avec son ancien fermier, — toutefois à certaines
conditions qui restent à régler. Le noble champion d'un
passé perdu sans retour, s'indigne, se courrouce, tonne,
tempête, se désole amèrement, et se demande, avec le plus
anxieux désespoir, *comment la peste populaire a pu péné-
trer dans sa famille!....* Aux plaintes du vieillard, la

marquise oppose respectueusement ses observations et ses
objections ; instruite par le malheur, ayant même été ser-
vante dans une auberge allemande, elle est à demi con-
vertie aux idées nouvelles ; et se soumet, sans trop de mur-
mures, aux conséquences des changements politiques et
des transformations sociales. Tandis que le vieux aristocrate, toujours hautain, toujours inflexible, égaré par le
dépit, renonce au sol français à peine revu, repasse les
mers, et s'empresse, accompagné du vicomte de Vaugris,
de s'enrôler sous les drapeaux anglais, — Humbert, au
comble de la joie, orne de fleurs, de verdure et de statues,
son appartement, jusqu'alors si modeste, où son idole a
promis de lui rendre visite. En l'attendant, il contemple,
d'un œil ivre d'amour, un médaillon qui retrace les traits
de la marquise, et dont elle-même lui a gracieusement
fait cadeau de sa fine et blanche main.... Oh ! que peu de
chose suffit à ces magiciennes pour ensorceler un homme !...
et le dernier dont il s'agit est bien loin cependant d'être
un muscadin !...

A force d'enchantements et d'espérance, le vétéran de la
république perd entièrement la tête. Les complots des émigrés, l'audace toujours croissante de la réaction à l'inté-
rieur, il oublie tout, il ne voit plus rien !... En vain son
confrère Aristide, l'incorruptible et ferme républicain,
survient, et lui fait le plus navrant, le plus irritant tableau
des exploits sanglants de cette réaction royaliste, si fatale-
ment mêlée au mouvement de Thermidor :

Sais-tu bien

Qu'on assomme à Paris, qu'à Lyon on égorge ;
Que Tarascon, Marseille, Aix, sont des coupe-gorge ?
Sais-tu qu'un régiment d'infâmes muscadins
A dispersé le club, hier, à coups de gourdins ;

Et que les comités, vendus au royalisme,
Ont aujourd'hui fermé ce foyer de civisme?...
Sais-tu que de Billaud on instruit le procès ;
Que la réaction n'attend que ce succès
Pour immoler tous ceux qui, dans toutes les sphères.
Jusqu'au neuf thermidor ont pris part aux affaires?
Si tu ne le sais pas, comment l'ignores-tu?
A quoi, si tu le sais, s'amuse ta vertu?
Sous la main qui te tient en laisse triomphale,
Montre aux boudoirs Hercule énervé par Omphale;
Va, va sacrifier aux dieux que tu bravais,
Et brûle, renégat!..... les dieux que tu servais ;
Moi, je pars!.... ce qu'on voit m'échauffe trop la bile,
Pour que j'en reste ici le témoin immobile.
Tu n'as pas su, Paris, tête des nations,
Garder le feu sacré des Révolutions ;
Les thermidoriens te souillent ; je secoue
Mes souliers contre toi, Babylone! Capoue!......

Vrai miracle!... Ce récit animé d'odieux massacres;
cette nerveuse éloquence de l'homme du peuple aussi justement surpris qu'indigné, — ne peuvent réveiller Humbert de sa toxique fascination, de son amoureuse torpeur!...
Arrive Hoche qui croit lui faire la plus agréable surprise
en lui annonçant qu'il l'a choisi pour adjudant-général de
l'expédition contre Quiberon, où les Anglais, flanqués d'un
bon renfort d'émigrés français, ont fait un coup de main
sur le sol sacré de la patrie!.... Humbert, à l'excessive
stupéfaction du général patriote, balbutie, hésite, demande
un risible délai!... Humbert attend la marquise qui va
venir très-prochainement!... Il supplie Aristide et Hoche
de le laisser!... C'est à n'y rien comprendre!... Au point
que Hoche, pétrifié du coup, s'écrie avec raison :

Ami, je voulais bien t'apprivoiser un peu ;
Mais à ce point-là, non !... ceci passe le jeu!

Entre la marquise... Humbert se croit au paradis...
Mais, ô revers inattendu!... ouragan soudain!... nouveau
coup de théâtre!... Que lui dit son aristocratique adorée?..
Qu'elle l'aime et l'aimera toujours, que son cœur ne sera
point à un autre qu'à Humbert; mais qu'il faut renoncer
au don de sa main, à sa foi conjugale!... La malédiction
paternelle serait l'affreuse conséquence d'un nœud si doux!
Et comment se résoudre à braver une malédiction, — sur-
tout la malédiction d'un père!...

Elle ne sera point son épouse... mais il trouvera toujours en elle une sœur dévouée, sans cesse à son aide, sans
cesse à ses côtés!... Humbert, frémissant, n'entend pas
de cette oreille!... Resté seul, il devient presque fou de
rage et de déception ; sa main renverse et brise sur le par-
quet les vases précieux, les élégantes statuettes, dont il avait
précédemment décoré sa chambre; il arrache de son sein,
foule et brise sous ses pieds, ce médaillon chéri, ce char-
mant petit portrait de la marquise !.... Ce n'est plus là le
paysan du Danube ; cette fois, c'est bien réellement Roland
furieux !.....

Hoche revient au beau milieu du fracas.... et regarde,
d'un œil stupéfait, ce genre de massacre tout nouveau
pour lui!... « Général! » lui crie Humbert avec feu, —
« tu veux bien, sans doute, d'un adjudant dévoué?.....
« Partons, partons tout de suite!... En Vendée! en Ven-
« dée! » Hoche est à la fois surpris et joyeux de ce nouveau
revirement, de ce retour dans la bonne voie. — « A demain
donc! » dit le général républicain ; « à demain est fixé
« le moment du départ! » Et ce même Humbert, qui tan-
tôt demandait un *délai*, trouve maintenant trop long d'at-
tendre jusqu'au point du jour!.....

Le cinquième acte est le plus beau, le plus dramatique

de la pièce. — Ah! c'est qu'elle a été rude, la fusillade sur
la plage!... A travers les flots bondissants et courroucés,
Hoche et ses invincibles soldats ont tenté l'héroïque aven-
ture, et pris d'assaut un fort occupé par des Anglais réunis
aux émigrés et aux citoyens rebelles! — Ah! c'est qu'*ils
ont vraiment l'aile des pétrels et la peau des requins, ces
soldats de la République,* — ainsi que disent, dans leur
langage imagé, les paysans de la contrée. La glorieuse expédition de Quiberon est admirablement peinte par le
poète, sous la forme animée du récit, que se partagent
Aristide, l'incorruptible républicain; Cérès, sa digne
femme, la forte et patriotique fille du peuple; et deux
soldats, encore dans l'ivresse de la récente victoire :

UN SOLDAT.

Je vois encor d'ici

Flotter les trois couleurs dans le ciel éclairci.
Le soleil se levait justement, et nos troupes
Commençaient à plier sous le feu des chaloupes.
« En avant, — nous dit Hoche, — « en avant mes enfants!
« Regardez sur le fort nos drapeaux triomphants! »
Hourra! l'air retentit de cris; la charge sonne;
Au bout de la presqu'île on se lance en colonne...
Et les chouans, rompus, culbutés et traqués,
Entre la baïonnette et l'Océan bloqués,
Enferrés par devant ou noyés par derrière,
Sont pris comme des rats dans une souricière!...

CÉRÈS.

Là, nous tournons le fort où le roc est construit;
Nous grimpons au sommet en rampant dans la nuit,
En nous pendant des mains aux roches inégales,
Et le corps balancé dans l'air par les rafales!....
A mi-chemin, l'alarme est au fort... ils avaient
Aperçu sur le roc des points qui se mouvaient...
La fusillade éclate, et la balle ricoche!...

Bah ! nous montons plus vite !... où l'on peut, l'on s'accroche !...
Enfin nous arrivons aux créneaux mal gardés ;
En moins d'une minute ils sont escaladés ;
La garnison se rend, et notre chef arbore,
Au lieu du drapeau blanc, le drapeau tricolore !...
Voilà !....

Oui, nous l'aimons cette Cérès, la courageuse vivandière, toute au devoir et à ses convictions ; Cérès qui, *au sein même d'une chaudière, suivrait toujours son drapeau*; la forte femme des faubourgs, si naïvement fière *d'avoir représenté la déesse Raison, sur un rustique char, en manteau d'un bleu céleste*; qui pérore volontiers, au club, sur *les droits de la femme ;* mais qui respecte et vénère sincèrement son mari, le soutient dans sa foi, l'accompagne dans sa noble et rude carrière !... Cérès, enfin, que les menaces des émigrés et des rois encore debout, que les égorgements multipliés des patriotes par le poignard des royalistes, n'ébranlent pas une seule minute dans sa croyance à la vitalité de la République, à l'avenir de la Nation !... Cérès est, à notre avis, un des types les plus intéressants et les plus divertissants de la pièce.

Ce qui fait, du reste, à nos yeux, le plus éminent mérite de l'œuvre nouvelle de M. Ponsard, — c'est que chaque type de son drame y est bien dessiné, avec les mœurs, les allures, la couleur, le langage qui le caractérisent spécialement ; et que tous se font mutuellement saillir par leur opposition, leur rencontre, leur voisinage même. Les émigrés muscadins et les marquises y parlent en style élégant, fleuri, légèrement évasif et persifleur ; par contraste, le républicain *montagnard* s'exprime avec une rude énergie ; en style un peu raboteux, mais mâle et ferme, à la manière cornélienne. Le vers de M. Ponsard est, d'ailleurs, net et concis, plus nerveux qu'élégant ; ce vers, presque

toujours empreint de la couleur qui convient au person-
nage ou au sujet, est parfois un peu lourd et prosaïque
dans le dialogue familier ; mais il est inutile de s'arrêter à
dire que le soleil a des taches.

Mieux vaut dire, — ce que nous allions oublier, —
qu'Humbert et sa marquise adorée, après quelques nouvelles péripéties, après quelques nouveaux nuages promp-
tement dissipés, finissent par se marier ; mais c'était
prévu ; c'est, d'ailleurs, l'ordinaire dénouement de toutes
les comédies.

En conclusion, le drame de M. Ponsard atteint parfai-
tement le but que le poète académicien s'est, selon nous,
proposé : une fidèle et vive représentation de mœurs et de
types sociaux ou politiques ; de plus, la peinture d'une
époque célèbre, qui est une étape des plus curieuses de la
marche de notre Révolution Française. M. Ponsard a le
bon goût d'effacer son individualité, et de ne point produire
avec affectation son opinion personnelle. On l'entrevoit,
néanmoins, très clairement, dans les paroles que prononce,
à la fin de la pièce, le vaillant et loyal vainqueur de la
Vendée ; — c'est la réconciliation prochaine de tous les enfants de la France ; la fusion des classes et des intérêts, —
prélude et condition nécessaires de l'achèvement et du cou-
ronnement de notre édifice politique et social. Nous nous
associons de tout cœur à ce vœu du général et du poète ;
et nous croyons ainsi ne pouvoir mieux terminer notre
étude sur la dernière œuvre de M. Ponsard, laquelle, au
moins par la portée morale, nous semble infiniment supé-
rieure aux précédentes.

COMTE EUGÈNE DE PORRY.

(Extrait du *Toulonnais* du 24 mars 1866).